Le génie de la bouteille de lait

écrit par Emmanuel Trédez

illustré par Yves Calarnou

bayard poche

Dans la cuisine, Hugo prend son petit déjeuner avec sa mère et sa sœur Lou.

Tandis qu'il verse du lait sur ses céréales, il se passe quelque chose d'incroyable.

– Vous avez vu ?

Un drôle de bonhomme a sauté du bol de Hugo.

– **C'est un génie. Un tout petit génie !**

Le génie se met alors à grandir, grandir...
Il a bientôt la taille d'un basketteur.

– Non, plutôt un très grand génie !

Le génie s'approche de Hugo.

– Maître, tu m'as appelé, je suis là. Tu as droit à trois vœux. Que désires-tu ?

Hugo ne va tout de même pas garder ses vœux pour lui.

– J'en donne un à maman, un à Lou et je garde le dernier.

Le génie prend de quoi écrire, puis il se plante*
devant la mère de Hugo.

 **– Les dames d’abord, je vous écoute !**

Elle hésite. Les génies, ça n'existe pas… Mais ça ne coûte rien de faire un vœu !

– Je désire un beau bijou.

Le génie se tourne ensuite vers Lou.

– Moi, je rêve d'avoir un joli poney blanc !

 **– C'est malin, Lou ! Où veux-tu qu'on l'installe, ton poney ?**

C'est au tour de Hugo.

 **– Je voudrais la console Tinedo.**

Le génie dit les mots magiques.

Lou se retrouve avec un bonnet sur la tête. Hugo tient une casserole à la main.

 **– Pas si génial, ce génie !**

Vexée, la mère de Hugo fait remarquer au génie qu'elle n'a rien eu.

– Oh, désolé, madame !

Le génie s'approche d'elle et l'embrasse sur la joue.

 **– Ouf ! Papa n'est pas là !**

Le génie voit bien que ses bons maîtres ne sont pas contents.

 **– Vous êtes déçus par mes cadeaux ?**

Tous se mettent à parler en même temps. Il les arrête d’un geste.

 **– Une minute, je vous entends mal.**

Le génie retire de son oreille un petit appareil.
Il n'a pas l'air de fonctionner.

– Regardez, il a un truc pour entendre, comme papi.

Soudain, la mère de Hugo a une illumination*.

– Ce génie est sourd comme un pot*.
Il a tout compris de travers !

 – C'est simple, les enfants. Le génie m'a fait un BISOU alors que j'avais demandé un BIJOU !

– Ah, c'est pour ça qu'il a donné à Lou un BONNET à la place d'un PONEY !

– Et c'est pour ça que moi, j'ai eu une CASSEROLE, et pas une CONSOLE…

La maman de Hugo éclate de rire.

– Attention, mon chéri, si tu joues trop avec, tu seras privé de casserole !

Le génie a remis son appareil. Il a l'air embêté.

– Pour me faire pardonner, je vous accorde un dernier vœu.

La mère de Hugo répond sans réfléchir.

– Un dromadaire !

Les enfants font la grimace ; elle n'a même pas demandé leur avis !

Un DROMADAIRE est apparu dans le salon.
La mère de Hugo espérait que le génie comprendrait LAMPADAIRE.

– Hélas, le génie entend de nouveau !

Elle en a assez de ce génie. Elle s'approche, la casserole à la main. Effrayé, le génie saute sur le dos du dromadaire et s'enfuit au galop.

 **– Si Papa avait pu voir ça !**

bayard

DÈS LE CP

tu lis je lis

Mes premiers romans à lire à deux

Déjà parus :

1. L'ami de Naoki
2. Laisse-moi entrer, poulette !
3. Les mots de Papi s'envolent
4. Une belle découverte
5. Un éléphant pour mes 7 ans
6. Un amour de vampire
7. La pêche aux étoiles
8. À l'eau Lili !
9. Tu es triste Jojo ? - *Tim, petit vétérinaire T.1*
10. Mais où sont passées nos affaires ?
11. Tu seras un grand roi comme papa !
12. Oh crotte, encore des carottes ! - *Les filous du CP T.1*
13. Olo s'est échappé ! - *Tim, petit vétérinaire T.2*
14. Dépêche-toi, Milo !
15. Le cheval de Lucas - *Le crayon magique T.1*
16. C'est si bon d'être grognon ! - *Les filous du CP T.2*
17. La baignoire aux sirènes
18. Boubou est né ! - *Tim, petit vétérinaire T.3*
19. La fusée de Zoé - *Le crayon magique T.2*
20. Vas-y, Lenny !
21. Vlad, arrête tes salades ! - *Les filous du CP T.3*
22. Les bulles déboulent ! - *Basile Bazar T.1*
23. Quand Malo tombe à l'eau…
24. Le génie de la bouteille de lait

Les débuts de la lecture autonome

Réfléchir et **comprendre**
la vie de tous les jours

Rire et **sourire**
avec des personnages insolites

Se faire peur et **frissonner**

Rêver et **voyager**
dans des univers fabuleux

Se lancer dans des aventures
pleines de rebondissements

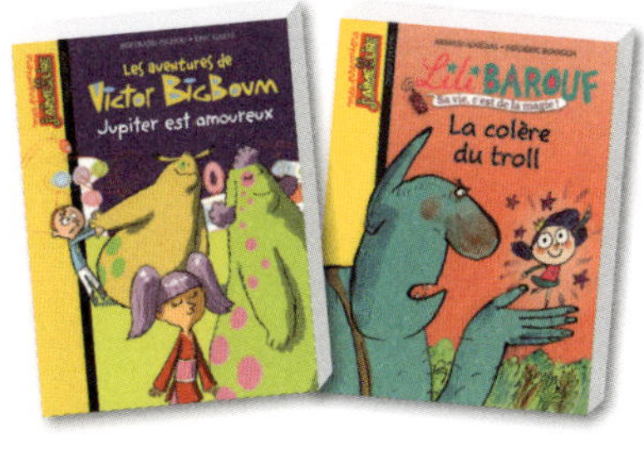